AF451871

Douze chansons de Maurice Maeterlinck, illustrées par Charles Doudelet.

P. V. Stock, Éditeur, Palais-Royal, Paris

DOUZE CHANSONS DE MAURICE
MAETERLINCK. ILLUSTRÉES PAR
CHARLES DOUDELET.

Elle l'enchaîna dans une grotte,
Elle fit un signe sur la porte;
La vierge oublia la lumière
Et la clef tomba dans la mer.

Elle attendit les jours d'été;
Elle attendit plus de sept ans,
Tous les ans passait un passant.

Elle attendit les jours d'hiver;
Et ses cheveux en attendant
Se rappelèrent la lumière.

Ils la cherchèrent, ils la trouvèrent,
Ils se glissèrent entre les pierres
Et éclairèrent les rochers.

Un soir un passant passe encore,
Il ne comprend pas la clarté
Et n'ose pas en approcher.

Il croit que c'est un signe étrange,
Il croit que c'est une source d'or,
Il croit que c'est un jeu des anges,
Il se détourne et passe encore . . .

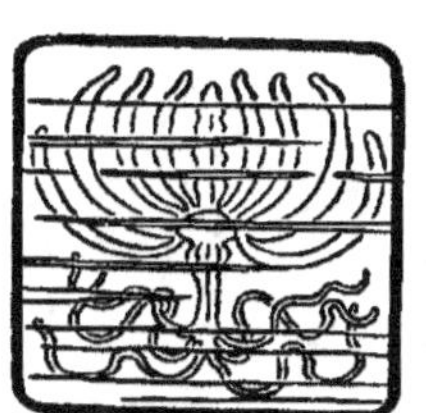

Et s'il revenait un jour
        Que faut-il lui dire?
— *Dites lui qu'on l'attendit*
        Jusqu'à s'en mourir . . .

Et s'il m'interroge encore
        Sans me reconnaître?
— *Parlez lui comme une sœur*
        Il souffre peut-être . . .

Et s'il demande où vous êtes
        Que faut-il répondre?
— *Donnez-lui mon anneau d'or*
        Sans rien lui répondre . . .

Et s'il veut savoir pourquoi
        La salle est déserte?
— *Montrez-lui la lampe éteinte*
        Et la porte ouverte . . .

Et s'il m'interroge alors
        Sur la dernière heure?
— *Dites-lui que j'ai souri*
        De peur qu'il ne pleure . . .

Ils ont tué trois petites filles
Pour voir ce qu'il y a dans leur cœur.

Le premier était plein de bonheur;
Et partout où coula son sang,
Trois serpents sifflèrent trois ans.

Le deuxième était plein de douceur,
Et partout où coula son sang,
Trois agneaux broutèrent trois ans.

Le troisième était plein de malheur,
Et partout où coula son sang,
Trois archanges veillèrent trois ans.

Les trois sœurs aveugles
(Espérons encor)
Les trois sœurs aveugles
Ont leurs lampes d'or.

Montent à la tour,
(Elles, vous et nous)
Montent à la tour,
Attendent sept jours . . .

Ah! dit la première,
(Espérons encore)
Ah! dit la première,
J'entends nos lumières . . .

Ah! dit la seconde,
(Elles, vous et nous)
Ah! dit la seconde,
C'est le roi qui monte . . .

Non, dit la plus sainte,
(Espérons encore)
Non, dit la plus sainte,
Elles se sont éteintes . . .

On est venu dire,
  (Mon enfant, j'ai peur)
On est venu dire
  Qu'il allait partir . . .

Ma lampe allumée,
  (Mon enfant, j'ai peur)
Ma lampe allumée,
  Me suis approchée . . .

A la première porte,
  (Mon enfant, j'ai peur)
A la première porte,
  La flamme a tremblé . . .

A la seconde porte
  (Mon enfant, j'ai peur)
A la seconde porte,
  La flamme a parlé . . .

A la troisième porte,
  (Mon enfant, j'ai peur)
A la troisième porte,
  La lumière est morte . . .

Les sept filles d'Orlamonde,
Quand la fée est morte,
Les sept filles d'Orlamonde,
Ont cherché les portes.

Ont allumé leurs sept lampes,
Ont ouvert les tours,
Ont ouvert quatre cents salles,
Sans trouver le jour...

Arrivent aux grottes sonores,
Descendent alors;
Et sur une porte close,
Trouvent une clef d'or.

Voient l'océan par les fentes,
Ont peur de mourir,
Et frappent à la porte close,
Sans oser l'ouvrir...

Elle avait trois couronnes d'or,
A qui les donna-t-elle?

Elle en donne une à ses parents:
Ont acheté trois réseaux d'or
Et l'ont gardée jusqu'au printemps.

Elle en donne une à ses amants:
Ont acheté trois rêts d'argent
Et l'ont gardée jusqu'en automne.

Elle en donne une à ses enfants,
Ont acheté trois nœuds de fer,
Et l'ont enchaînée tout l'hiver.

Les filles aux yeux bandés,
  (Otez les bandeaux d'or)
Les filles aux yeux bandés
Cherchent leurs destinées . . .

Ont ouvert à midi,
  (Gardez les bandeaux d'or)
Ont ouvert à midi,
Le palais des prairies . . .

Ont salué la vie,
  (Serrez les bandeaux d'or)
Ont salué la vie,
Et ne sont point sorties . . .

J'ai cherché trente ans, mes sœurs,
 Où s'est-il caché?
J'ai marché trente ans, mes sœurs,
 Sans m'en rapprocher . . .

J'ai marché trente ans, mes sœurs,
 Et mes pieds sont las,
Il était partout, mes sœurs,
 Et n'existe pas . . .

L'heure est triste enfin, mes sœurs,
 Otez vos sandales,
Le soir meurt aussi, mes sœurs,
 Et mon âme a mal . . .

Vous avez seize ans, mes sœurs,
 Allez loin d'ici,
Prenez mon bourdon, mes sœurs.
 Et cherchez aussi . . .

Ma mère, n'entendez-vous rien?
Ma mère, on vient avertir...
Ma fille, donnez-moi vos mains.
Ma fille, c'est un grand navire...

Ma mère, il faut prendre garde . . .
Ma fille, ce sont ceux qui partent...
Ma mère est-ce un grand danger ?
Ma fille, il va s'éloigner . . .

Ma mère, Elle approche encore . . .
Ma fille, il est dans le port.
Ma mère, Elle ouvre la porte . . .
Ma fille, ce sont ceux qui sortent.

Ma mère, c'est quelqu'un qui entre...
Ma fille, il a levé l'ancre.
Ma mère, Elle parle à voix basse...
Ma fille, ce sont ceux qui passent.

Ma mère, Elle prend les étoiles !...
Ma fille, c'est l'ombre des voiles.
Ma mère, Elle frappe aux fenêtres..
Ma fille, elles s'ouvrent peut-être . . .

Ma mère, on n'y voit plus clair...
Ma fille, il va vers la mer.
Ma mère, je l'entends partout...
Ma fille, de qui parlez-vous?

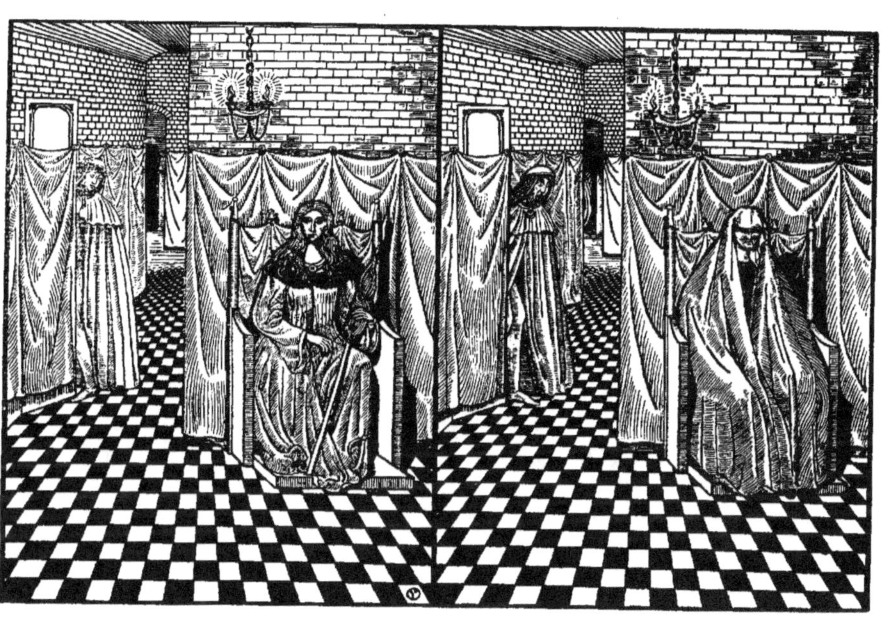

Quand l'amant sortit
(J'entendis la porte)
Quand l'amant sortit
Elle avait souri . . .

Mais quand il rentra
(J'entendis la lampe)
Mais quand il rentra
Une autre était là...

Et j'ai vu la mort
(J'entendis son âme)
Et j'ai vu la mort
Qui l'attend encore...

Vous avez allumé les lampes,
—Oh! le soleil dans le jardin!
Vous avez allumé les lampes,
Je vois le soleil par les fentes,
Ouvrez les portes du jardin!

—Les clefs des portes sont perdues,
Il faut attendre, il faut attendre,
Les clefs sont tombées de la tour,
Il faut attendre, il faut attendre,
Il faut attendre d'autres jours . . . .

D'autres jours ouvriront les portes,
La forêt garde les verrous,
La forêt brûle autour de nous,
C'est la clarté des feuilles mortes,
Qui brûlent sur le seuil des portes . . .

—Les autres jours sont déjà las,
Les autres jours ont peur aussi,
Les autres jours ne viendront pas,
Les autres jours mourront aussi,
Nous aussi nous mourrons ici...

Louis VAN MELLE, Imprimeur

GAND

MDCCCLXXXXVI

Il a été tiré 600 exemplaires papier Ingres.